AF339736

AUGUSTE JUDLIN.

PREMIÈRES POÉSIES

PREMIÈRE PARTIE.

POÉSIES DIVERSES.

Epigrammes. -- Le Caprice. -- Allégorie.
Lorédane.

NANCY.

IMPRIMERIE HINZELIN ET Cie, RUE SAINT-DIZIER, 71.

EPIGRAMMES.

I.

Dans un aérostat, fiers, nous avions monté
Aux acclamations d'une nombreuse foule ;
Le ballon s'élevait avec rapidité,
Et moi, je m'écriais, l'âme enthousiasmée :
« Quel spectacle sublime à nos yeux se déroule !...
« Quel horizon immense !... Oh ! que vu d'aussi haut,
        » L'homme semble un pygmée ! »
— Eh ! eh ! fit mon voisin qui n'avait soufflé mot,
        Depuis que nous étions partis :
Les mortels vus d'en bas, sont encor plus petits.

II.

La flèche qui fend l'air, la plume qui voltige,
La feuille par le vent arrachée à sa tige,
Et mille autres objets d'étroite parenté,
Se disputaient le prix de la légèreté.
Après de longs débats, nos rivaux ahuris,
Recoururent enfin au jugement d'un brahme,
        Qui décerna le prix
        A la femme.

III.

Damis, si redoutable entre nos médecins,
N'aura pas chez Pluton fait passer moins d'humains
Que César, Sésostris, Alexandre ou Xerxès.
    Aucun client de ce fils d'Esculape
    A la Parque n'échappe.
Celui qui l enverrait, à son tour, *ad patres*,
    Mériterait, je gage,
    La médaille de sauvetage.

IV.

Evêques, cardinaux, vénérables prélats,
Que je plains votre sort ; ah ! pauvres gens, hélas !...
Vous avez des laquais, des suisses, des valets,
Des carosses dorés avec des armoiries.
Vous êtes abrités dans de vastes palais
Contre les froids hivers et les intempéries.
A vos festins frugals l'abondance préside :
A votre bon plaisir vous disposez du Ciel,
Et lorsque sous un dais magnifique et splendide,
Vous montez, messeigneurs, aux degrés de l'autel,
Bénissant l'assistance un diamant au doigt,
Alors je me prosterne éclairé de la Foi,
Et m'écrie : O mon Dieu ! j'ai pu vous méconnaître,
Votre voix dans mon cœur allait s'affaiblissant,
Pitié ! vous êtes fort, vous êtes tout puissant !
Car c'est aux serviteurs qu'il faut juger du maître !

IMITATIONS DU GREC.

Oh ! qu'une nuit d'amour est bien vite passée !...
Déjà dans le vallon, la pâle Aurore en pleurs,
Fait tomber la rosée au calice des fleurs.
Tithon ! pourquoi sitôt, pourquoi l'as-tu laissée
S'échapper de ton lit ?...

     Tu te fais vieux, Tithon !... *

. . . .

  * Epoux de l'Aurore.

———◦———

. . . .

Ah ! prends garde à l'Amour !... prends garde, disait-on,
Redoute de ce dieu les atteintes cruelles.
Il s'offrit à mes yeux sous les traits d'un berger ;
Et je voulus alors m'enfuir d'un pied léger...

   Hélas ! il a des ailes !...

. . . .

. . . .

———◦———

ALLÉGORIE.

Le papillon qui brille aux rayons du soleil,
Séduit par ses couleurs la rose au teint vermeil.
Avec un doux sourire, elle ouvre sa corolle ;
Il y puise la vie, elle l'aime, il s'envole ;
Et tandis qu'inconstant, il va de fleur en fleur,
Prodiguant ses baisers ;

        Elle s'incline et meurt.

ÉPITHALAME.

La brise est embaumée et le fleuve est limpide,
Voguez, joyeux époux, au gré du flot rêveur :
Le bonheur vous sourit, souriez au bonheur ;
Et que le sage Hymen, nautonnier intrépide,
Assis au gouvernail, évite les récifs
Contre lesquels, hélas ! se heurtent tant d'esquifs.
L'autre rive est lointaine, au ciel pas un nuage,
Vous êtes au matin... heureux et long voyage !

LE CAPRICE.

Il était son premier amant :
Elle, sa première maîtresse.
Tous deux s'aimaient avec ivresse,
Et se le juraient constamment.

Un jour d'automne, avant la neige,
Il l'aperçut dans un coupé ;
Il crut, deux fois, s'être trompé....

Le Caprice était sur le siége,
Un bel officier de hussards
Frisait sa moustache près d'elle !

Il écrivit à l'infidèle :
« Ne reviens plus, demain je pars. »

Et cette nuit-là, sur sa couche,
Il gémissait, mordait le drap,
Un nom expirait dans sa bouche....
La porte s'ouvrit : elle entra.

Le visage blanc comme un plâtre,
Elle dit : Grâce ! j'ai failli !...
Veux-tu que je me mette au lit ?...
  ai froid !

                — Non, approche de l'âtre !

— Au pied du lit, un seul instant ?...
Puis elle s'était décoiffée.

---- Approche de l'âtre, et va-t-en
Quand tu te seras réchauffée.

Elle était près du guéridon :
— Jadis, nous dormions côte à côte,
Bats-moi, je déplore ma faute
Et je te demande pardon ;
Bats-moi, d'une voix étouffée,
Supplia-t-elle en insistant.
— Approche de l'âtre, et va-t-en
Quand tu te seras réchauffée.

Se dépouillant de ses bijoux :
— C'est toi qui m'en avais parée,
Je te les rends : les voici tous ! »
Elle semblait désespérée ;
Adieu ! fit-elle en sanglotant.

Le lendemain, avec sa rame,
Un vieux batelier, dans l'étang,
Repêcha le corps d'une femme !

Imité de l'allemand de Henri Heine.

Il s'était fait voleur pour la fille de joie :
C'était l'oiseau de nuit avec l'oiseau de proie.
Au coin de rue obscur, lorsqu'une voix criait,
Qu'il rentrait et jetait de l'argent sur la table ;
Se couchant sur le lit, elle était charitable
   Et riait.

Il était honnête homme avant de la connaître ;
Mais aussi, pour le voir passer quand on le pi it,
  Elle se mit à la fenêtre
   Et rit.

Il lui fit dire un jour : mon supplice s'apprête,
Je souffre et pleure tant sur mon grabat pourri ;
  Oh ! viens !... — Elle hocha la tête
   Et rit.

Et lorsqu'il fut pendu : c'était la sixième heure,
La septième, on creusa sa dernière demeure ;
Sur la nouvelle fosse, un vieux moine priait !...
Déjà, vers la huitième, elle était dans un bouge,
Aux bras d'un beau soudard, se versait du vin rouge,
   Et riait.

Mars 1874.

La Fortune, en naissant, le reçut dans ses bras,
Et lorsqu'il fut majeur, lorsqu'il eut enfin l'âge,
Elle mit à sa porte un superbe attelage
De deux fringants poneys choisis dans ses haras.

Notre courte existence est comme une grand'route.
Les riches ont un char plus léger que le vent,
Les pauvres vont à pied ; c'est ce qui fait, sans doute,
Que ceux-là, les premiers arrivent si souvent.

Repoussant la Sagesse, à cause de ses rides,
Il fouetta l'équipage et prit en main les guides ;
La Folie, en laquais, derrière avait monté.

Il avait la vigueur, il avait la beauté,
Généreux, magnifique, à tous faisant envie,
Cinq ans, notre héros, mena joyeuse vie.

Les passants regardaient avec étonnement,
Et la Luxure, assise auprès de son amant,
Excitait les chevaux de sa voix caverneuse.
Galop à fond de train ! course vertigineuse !
Toujours même vitesse et jamais de répit !
Des étincelles d'or jaillissaient de la roue !
Quand soudain, dans l'ornière, un essieu se rompit,
Et nouveau Phaéton, meurtri, couvert de boue,
Du choc, il fut lancé par dessus le talus.
On vint le relever au fond du précipice,
Puis on le transporta, mourant dans un hospice.

Un jour, il en sortit, pâle, chauve, perclus,
Vers la terre incliné, l'œil éteint dans l'orbite ;
Et lorsque le soleil darde ses chauds rayons,
Appuyé sur sa chaise, il se traîne en haillons
Dans les quartiers impurs que la Débauche habite ;
Et les filles d'amour, au visage fané,
Qui lui vendaient leur corps et qui l'ont ruiné,
Plaignent le pauvre diable et, sans le reconnaître,
Lui jettent quelques sous du haut de leur fenêtre.

SUICIDE.

Allons ! faites l'amour ! festoyez et riez !
Venez, bruyants plaisirs ! accours, troupe volage !
Nargue aux sages mortels ! et qu'ils soient charriés
Lentement vers le port par les glaces de l'âge !

— Si les jours sont trop courts, pour les rendre plus longs,
Au sein des folles nuits, abrégez les années !
La Débauche reçoit dans ses brillants salons ;
Seyez-vous au banquet près des femmes damnées ;
Couronnez-vous de fleurs à l'exemple des dieux,
Renversez dans vos bras la joyeuse bacchante ;
Qu'elle offre à vos ardeurs sa bouche provoquante,
Que sa jambe et sa gorge éblouissent vos yeux !
Aussitôt assouvi, que le désir renaisse !
Qu'on fasse devant vous circuler des flacons.

Sur la meule du Vice, usez votre jeunesse.

Et quand votre voisin s'écrie : ami ! trinquons !
Vous vous tournez vers lui : plus rien, sa place est vide !
Un vieillard qui se traîne, au fond passe livide :
Sa chair tombe en lambeaux, ses os sont cariés :
C'est le gai compagnon qui marche au cimetière !...

Allons ! enivrez-vous ! restez la nuit entière !
Allons ! faites l'amour ! festoyez et riez !

LORÉDANE.

A MON CHER AMI HENRI BONCOURT.

Amis ! n'attendez pas que vos jours so'ent flétris !...
Voyez la belle nuit !... et quelle douce brise
Apporte les parfums des orangers fleuris ;
Moi je veux m'enivrer, festoyons et chantez !
Lorédane, neveu du doge de Venise,
     Boit à ses invités !

Ma charmante voisine, ô brune pécheresse,
Si je pouvais aimer, tu serais ma maitresse.
Dans Capoue, Estella, plus d'un vaillant seigneur,
Dans l'espoir de trouver le chemin de ton cœur,
Prend celui de l'enfer et pour toi vend son âme.
Mais pour me plaire, hélas ! tu soupires en vain :
Lorédane préfère à la plus belle femme
     Une coupe de vin !

Nobles patriciens ! écoutez cette histoire :
Elle est fort amusante et doit vous divertir.
J'en veux rire avec vous.... j'en ai pensé mourir.
     Estella ! verse à boire !

Tout Venise accourait au Lido, ce soir-là :
Bosquets illuminés, jeu, flambeaux, oriflammes,
Ambassadeurs de France en habits de gala,
Elégants cavaliers souriant à leurs dames,
Amis, rien ne manquait à la fête splendide !

Rienzi nous racontait comment il arriva,
Qu'adorant une abbesse au front pur et candide,
Par une sombre nuit, du cloître il l'enleva,

Et qu'elle le trahit pour un méchant bohême ;
Quand Barnabo nous dit : chut !... Vénus elle-même
Fait son entrée au bal !
                              Je m'étais retourné.
Oui, c'était bien Vénus !... Ebloui, fasciné,
Je m'écriai soudain : Oh ! Venise est moins belle !...
Un murmure flatteur s'élevait derrière elle.

— Eh ! mon cher, la déesse est aussi de ton goût,
Fit, en riant, Rietto !... Quant à moi, j'en suis fou,
Et, par ma bonne épée, elle sera ma reine.

Moi, je ne voyais plus que la duchesse Hélène ;
Passant auprès de nous, une fois par hasard,
Rougissant et troublé, je sentis son regard
S'arrêter sur le mien.
                              Quand je quittai la fête,
Une heure après minuit, j'avais perdu la tête.

Estella ! verse encore, afin qu'il me souvienne !

Mon vieux Bartheleo suivait le grand Canal,
Et comme nous touchions au Palais-Cardinal,
Une riche gondole alors croisa la mienne,
Et j'entendis ces mots : « Qui t'a rendu rêveur ?
» Autrefois tu chantais aux sons de ta mandore ;
» Beau duc, veux-tu répondre au feu qui me dévore ?... »
Et moi, tout transporté d'ivresse et de bonheur,
Au contact d'un baiser je l'avais reconnue !...
La lune se voilait discrète dans la nue.

Oh ! la lèvre vermeille ! oh ! le joyeux printemps !
Oh ! l'horizon d'azur ! vingt ans ! j'avais vingt ans !...
Et combien je l'aimais, je ne puis pas vous dire,

Car ce n'est plus qu'un songe, et ce fut un délire !

Amis ! sans regarder, passez votre chemin ;
Si des femmes, jamais, vous prennent par la main,
Et veulent dans leurs bras vous attirer vers elles !
Les anges habitaient sur la terre, jadis ;
Cédant à leurs désirs, Dieu leur donna des ailes :
Ils se sont envolés tout droit au paradis.

Volupté ! volupté ! prêtresse de Cythère,
O Bacchante lascive et fille du Mystère !
A ton culte idolâtre, ô mortel fortuné,
Lorsque je fus admis, de myrte couronné,
Un baiser me reçut au seuil du sanctuaire.
Hélas ! quand j'en sortis, et qu'il vit ma pâleur,
Un spectre se dressa, spectre de la Douleur,
Et sur ma froide épaule, il jeta son suaire !

Un soir, au rendez-vous, j'allais tout radieux,
Ma gondole fendait les flots silencieux ;
J'avais devancé l'heure et mettais pied à terre :
Soudain, je pousse un cri de rage et de colère !...
Oh ! malheur ! là, dans l'ombre, un homme au long manteau
Franchissait le balcon ! Rietto, c'était Rietto !

L'un était courageux et l'autre téméraire ;
Tous les deux, maintes fois, nous avions partagé
Nos sequins, nos plaisirs et le même danger,
Et je le chérissais comme on chérit un frère.

— Connais-tu cette femme?... Où vas-tu ?... que fais-tu ?...
Et sous mon bras puissant son bras était tordu.
— Comment ! exclama-t-il ; c'est toi, fier capitaine ?
Veux-tu m'accompagner chez la duchesse Hélène ?

Je l'aime, elle m'attend ; ne crions pas si haut.
Viens ! aurais-tu donc peur de te laisser séduire ?

La sirène, au balcon, apparut à son tour
Et demanda tout bas : Est ce toi, mon Rietto ?
Et comme il souriait, je me pris à sourire,
Et lui dis : je te suis.
                    Le lendemain, au jour,
Sous le pont des Soupirs, la terreur de Venise,
Deux hardis gondoliers, à la rouge chemise,
Trouvèrent un cadavre, un poignard dans le cœur.
Ils ramèrent plus vite ; ils tremblaient de frayeur.
On ne vit p'us Rietto, ni dans les mascarades,
Ni dans les grands tournois ni dans les promenades.
D'ailleurs, chacun pensa : C'est le Conseil des Dix !
Quant à cette duchesse, ô mes jeunes seigneurs,
Si jamais le Destin vous conduit à Tunis,
Elle est dans un harem, couchée à demi—nue
Sur des coussins brodés, et briguant les faveurs
D'un Turc fort vénérable à qui je l'ai vendue !

Amis ! n'attendez pas que vos jours soient flétris !
Voyez la belle nuit !... et quelle douce brise
Apporte les parfums des orangers fleuris.
Moi, je veux m'enivrer : festoyons et chantez !
Lorédane, neveu du doge de Venise,
            Boit à ses invités !

Janvier 1871.